KB136654

가슴에 담은 강물

나답게 사는 시 004

가슴에 담은 강물

지은이 | 노원호
펴낸이 | 一庚 張少任
펴낸곳 | 돌샘 답게
초판 인쇄 | 2021년 5월 20일
초판 발행 | 2021년 5월 25일
등 록 | 1990년 2월 28일, 제 21-140호
주 소 | 04975 서울특별시 광진구 천호대로 698 진달래빌딩 502호
전 화 | (편집) 02)469-0464, 02)462-0464
         (영업) 02)463-0464, 02)498-0464
팩 스 | 02)498-0463
홈페이지 | www.dapgae.co.kr
e-mail | dapgae@gmail.com, dapgae@korea.com
ISBN 978-89-7574-329-0
나답게·우리답게·책답게

가슴에 담은 강물

노원호 시집

도서
출판 답게

노 원 호

경북 청도 출생
1974년 월간《교육자료》시 3회 추천 완료
1974년 매일신문 신춘문예, 1975년 조선일보 신춘문예
동시 당선
대한민국문학상, 방정환문학상, 한국작가 수헌문학상,
세종아동문학상, 이주홍문학상,
소천아동문학상, 조연현문학상 등 수상

시집『그대 가슴은 아직도 따뜻하다』,
동시집『바다에 피는 꽃』,『고향, 그 고향에』,
『내 가슴에 초인종 하나 있다면』,『e메일이 콩닥콩닥』,
『공룡이 되고 싶은 날』,『작은 행복』등

한국동시문학회 회장과 사단법인 새싹회 이사장을 역임함

2부 가슴을 파고드는 시詩

3부 마음을 여는 시詩

마음을 비추는 거울

시를 쓰는 일은 무엇으로도 표현할 수 없을 만큼 즐거움을 안겨준다. 자기 내면의 감정을 드러내는 것이 쉽지 않지만, 그래도 시를 쓰는 사람은 내면의 세계를 바깥으로 드러내기 위해 무던히도 애를 쓰는 편이다. 흔히들 시는 '감정의 표현'이라고 한다. 내가 쓴 시에 나의 감정을 얼마나 담아내는가에 따라 시적 감성이 달라질 것이다.

나는 주로 '연시戀詩'에 관심을 가져왔다. 20여 년 전, 어느 출판사의 편집장이 '요즘 독자들은 그리움의 정서를 담은 작품을 좋아한다.'면서 연시를 써보라고 일러주었다. 연시는 내 정서와도 잘 맞겠다는 생각이 들어, 그때부터 관심을 가지기 시작했다. 첫 시집 『그대 가슴은 아직도 따뜻하다』에 실린 82편의 작품도 모두 그리움의 연정이 담긴 작품이다. 그 책머리에 이런 글을 써놓았다.

누군가를
사랑하며 산다는 것은
행복한 일이다.
나무 한 그루, 풀꽃 한 송이
하얀 눈꽃, 강물 등
그 어느 것 하나
사랑하고 싶지 않은 것이 없다.
하지만, 그 사랑의 대상을
바깥으로 드러낸다는 것은
참으로 부끄러운 일이다.

정호승 시인은 이 시집의 작품을 읽고 책 뒤의 표지에 이런 글을 덧붙여 주었다.

'우리는 단 한 사람, 사랑하는 사람을 만나기 위해 일생을 보내는지도 모른다. 노원호 시인의 시는 평생을 두고 한 사람을 사랑하는 마음의 절정과 나락을, 그 슬픔과 기쁨을 정결하고 솔직한 언어로 노래하고 있다. 나는 그의 시를 읽으면서 결국 인생이 사랑이라는 것을, 사랑이 인생이라는 것을 깨닫게 된다.'

이번 시집의 작품도 역시 누군가를 그리워하는 시들이다. 그리워한다는 것은 아름다운 일이다. 이 시집을 읽고 단 한 사람이라도 그리움의 정서를 가지게 된다면 더 이상 바랄 것이 없겠다. 시는 자신의 마음을 비추는 작은 거울이 되니 말이다.

　　　　　　　　　　　　　　2021년 봄날에
　　　　　　　　　　　　　　노 원 훈

1부 나답게 사는 시詩

행복한 그리움

누군가를 그리워한다는 것은
행복한 일이다
강물이 하늘을 우러러보는 것도
모두가 행복에 찬 행동이다
누군가를 그리워하는 애틋한 감정은
가슴앓이를 해 보지 않은 사람은 모를 일이다
몇 날이고 불면의 밤을 맞으면서
한 개의 별을 기다려보는 것은
차라리 고통이다 못해 아픔일지라도
그것도 행복에 겨운 일이다
내가 너를 그리워하는 것도
바로 그런 것
너의 찬란한 그리움을 잊지 못해
가슴이 아파도
누가 한때의 사랑이라고 말하겠는가
아무려면 어떠랴.
내가 너를 좋아한다는 건

바로 행복한 그리움이 있기 때문
가슴이 아파도 누군가를 그리워한다는 것은
참으로 행복한 일이다
더구나 너를 그리워한다는 것은
찬란한 순간
무지개의 아름다움일 것이다

그대는 강물처럼

차 한 잔이 그리울 때면
그대는 강물처럼 다가온다

흐르지 않아도 좋을
잔잔한 물결을 바라보며
그대는 입술 가득 웃음으로 다가온다

어둠의 늪에
돌아앉은 별이 있다 하더라도
그대는 별 한 개를 띄우고
강물처럼 소곤거릴 게다

언젠가
강변에서 조개를 줍던
그대 뒷모습에는
강물보다 더 깊은
사유思惟를 안고 있었다

내가 강을 좋아하는 것도
바로 그대의 깊은 사유 때문
차 한 잔을 마시면
강물이 출렁일 것 같다

오늘도 그대는
여전히
내 마음을 출렁이고 있다

우산 속에서

비 오는 날
그대와 함께 있다는 건
참으로 행복한 일이다

우산을 쓰고
어둠에 잠긴 강물을 바라본다

떨어지는 빗소리에
잠시 말이 없어진 그대
내 목덜미를 부여잡는다

그 순간
그대의 눈과 내 눈이 마주치고
어둠의 시간 안으로
사랑이 자꾸 밀려든다

이런 날
나는
그대를 깊이 사랑하지 않을 수 없다

땅 끝 마을에서

당신을 생각하게 하는
전라남도 해남군 땅 끝 마을
파란 바다가
가슴을 격정으로 몰아넣는다
-사랑한다
-사랑한다
수없이 번뇌로 일렁이는 작은 파도
손을 내밀면
곧 잡힐 듯 다가서는 하얀 얼굴처럼
당신은 그렇게
그리움으로 다가온다
바람 없는 날에도
하늘은 푸르다
바다는 스스로 가슴을 잠재우다
벌떡벌떡 하늘을 일으켜 세운다
당신은 어디에 있는가?
땅 끝에서

당신의 그리움에
나는 하얀 포말이 되어 간다
아직도 가슴 깊은 곳에는
당신이 파란 바다로 남아 있으니 말이다

가슴에 담은 강물

아카시아 나무가
앙상한 가지를 드러내고 있을 때
양수리의 강물은
더욱 푸르게 보인다

종착지가 어딘지도 모르고
자꾸만 아래로 흘러가는 강물
그대 눈빛처럼 반짝이기도 한다

해 질 녘 노을이 내리는 날이면
강물은 헤아릴 수 없이
잔물결로 소곤거리고

아무리 힘들고 고달프더라도
조금도 바깥으로 드러내지 않는
그대의 인내가 거기에 있다

우리가 강물처럼
어깨를 서로 맞댈 수만 있다면
그대 마음 밭에
내가 앉을 수도 있으련만

사랑하는 사람아
오늘도 우리는 강물을 보고 있지 않는가
바람처럼 왔다가
바람처럼 사라질지라도
오늘만은
강물의 푸르름을 가슴에 담아두고 싶네

꽃

할 말이 없다가도
그대를 만나면
내 어깨에 날개가 돋는다

꽃을 바라보는 순간
닫혔던 마음까지 활짝 열려
내 안에 한 그루 꽃을 심고 싶다

언젠가 그대 입술에 맺힌 향기를 묻혀낼 때
감춰진 사랑까지 격정으로 타올라
강물처럼 가슴으로 파고들었지

내가 그대를 바라볼 수 있는 건
그대 안에 담긴
푸르름과 화사함
그리고 등 뒤에 열린 커다란 하늘
아무리 그대 뒤에 꼭꼭 숨겨진 것이라도

내 눈에서는 꽃으로 피어난다

설령, 그 꽃이 내 것일 수 없다 하더라도
그대 등에 기대어 있는 동안
나는 늘 그대 향기에 취하고 있을 게다

흔들리고 있을 때

바람이 분다
양수리 마을의 나무들이 흔들리고 있다
어젯밤 보았던 작은 별들이
강물에 젖어 아픔을 참고 있다

그대가 아무리
아카시아 꽃향기로 다가서도
그대 빛깔 뒤엔 흔들림뿐이다

흔들림은
사랑이 저만치 멀어져서가 아니다
아픔을 참다 뿌리째 흔들리는
작은 전율 같은 것
그 전율 뒤에 오는
아무것도 없는 공허한 마음
바로 그 자체다

사랑은 가끔씩 멀어져 있어야
사랑의 무게를 잴 수 있다지만
이렇게 흔들림 뒤엔
그대 모습이 내 안에 어떻게 남아 있을는지,

그러나 더 이상 흔들림이 없다면
나는 아직도 사랑하고 있다는 말을 남기고
기쁘게 돌아설 수 있겠다

목련꽃

그대는 하얀 목련꽃
언제 보아도 필 듯 말 듯
수줍어 맺혀있는 하얀 꽃봉오리

내가 그대 안에 들어가
꽃을 활짝 피우고 싶지만
그대는 가슴을 닫고
하늘만 바라보고 있네

아직도 바람이 차가운 건가
마음을 여는 계절이 돌아온다면
차라리 내가 그대에게
하얀 꽃봉오리로 다가섬이 좋겠다

진정 사랑하는 사람이라면
닫혔던 마음까지도 열 수 있겠지만

그러나 그대는
오늘도 꽃봉오리로만 남아있으니
이 봄날
무엇으로 진정 사랑하리

가을 강

그대와 함께 강가로 갔다
코스모스가 흐드러지게 피어 있고
가을이 조금씩 물들고 있다

강물은 소리 없이 흘러가고
우리의 사랑은 '로즈먼 다리*'로 향하고 있다
그대가 웃어주는 미소
코스모스 꽃빛이 어우러지고
커피 향내는 더욱 진하게 번진다

가을이 소중한 것은
아마도 우리의 사랑이 여물어가기 때문이
아닐까

가을 강은 그대 마음처럼 잔잔하다
이 가을에 즉흥환상곡이라도 듣는다면
강물은 그대 가슴으로 조용히 흐를 것이다

가을 강가에서는
코스모스 꽃처럼
그대 부드러운 손을 잡아주고 싶다

* 로즈먼 다리 : 영화 〈매디슨 카운티의 다리〉에 나오는 지
  붕 덮인 다리 이름.

둥근 달

보이는 것은 달빛과 강물
그리고 그대 얼굴
열나흘 둥근 달이
그대 아름다운 마음 밭에 앉아
푸르게 빛나고 있다

강물도 잔잔하다
달빛이 내린 그대 얼굴은
또 한 개의 둥근 달이 되어
내 앞에 떠 있다

달이 그대에게
달빛을 듬뿍 부어 준만큼
나도 그대에게
사랑을 듬뿍 가슴 차도록 안겨 주마

이러다 달빛이 이지러져
어두운 밤이 되어 버려도
그 순간만은 영원히
나를 그대에게 주마

사랑하는 사람아,
달빛이 왜 이렇게 밝아 오는가
그대 얼굴이 가슴 한쪽에서
자꾸 둥근 달로 떠오르고 있네

그대가 보고 싶어

그대가 보고 싶어
잠들지 못하는 밤은
마음속에 뿌리내린 강으로 간다
흩날리는 겨울과 마른 나뭇가지들
그리고 강변에 내린
희미한 달빛과 커피 한 잔
이 모두가
그대 체온이 배이지 않은 곳이 없다
그래서 나는 우연히도 그대와 함께 있고
사랑의 꽃불은 점점 밝아져 간다
마치 꼭두새벽처럼
긴 밤을 지새우고 나면
내 영혼은 건널 수 없는 강까지 건너
그대 가슴에 잠들고 만다
그러나 깨어나 보면
나뭇가지에 걸린 것은 하얀 그믐달
그 그믐달만이 그대를 부르고 있다

사랑하는 사람아,
오늘은 그대가 보고 싶어
그 그리움의 강가에서
수도 없이 그대를 불러본다
-나의 사랑하는 사람아!
-나의 사랑하는 사람아!
영혼은 이렇게
우리의 사랑을 잠들지 못하게 한다

2부 가슴을 파고드는 시詩

예정 없던 날

눈이 내린다
그대가 몹시 그립다

예정도 없이 수화기를 들어
그대 고운 목소리를 듣는다
우리는 찻집에 앉았다
그 애상한 음악이 흐르는 〈카르멘〉 구석 자리

커피 향내가 가슴까지 파고든다
그대 웃는 모습
오늘은 보송보송
한 송이 꽃으로 보인다

그대가 그리우면
하얀 눈이라도 맞으면 될까

예정도 없던 날
사랑은 왜 자꾸
가슴을 파고드는지 모르겠다

차라리 이런 날은
한 마리 새가 되어 훨훨 날고 싶다

뜨락에 가면

뜨락에 가면 바람이 있다
산과 구름과 골짜기도 있다
음악도 있고 커피도 있다
그대와 마주 앉아 차를 마시면
바람은 속삭임으로 다가온다
사랑한다는 말이 없어도
우리는 이미 사랑에 젖어 있다
뜨락의 삽살개도
저들끼리 서로 좋아 얼굴을 비빈다
만남이 우리에게 강물을 주었다면
뜨락은 우리에게 사랑을 안겨 주었지
그대와 함께 뜨락에 가면
보이지 않는 사랑까지 있어
더욱 좋다

어느 날

그대를 만난다는 건
별을 바라보는 것만큼 아름다운 일이다
그대를 만나면
그대는 강물이 되기도 하고
들판에 피어난 노란 민들레가 되기도 하고
갓 깨어난 노랑부리 새처럼
내게 딴 세상을 갖게 한다
그래서 하늘 맑은 날은 별을 주었고
비 오는 날은 온 우주를 생각하게 한다
그러던 어느 날
강가의 바람이
강물에 일렁거리는 것을 보았다
아, 저것이
강물에 짐이 되고 있구나
마치 그대 얼굴에서도
내가 무거운 짐이 되고 있음을 알고
나는 나의 별을 바라볼 수 없었다

라일락 꽃그늘에서

진한 향내가 난다
그대 화장한 얼굴에서처럼
그윽한 향기가 난다

연보랏빛 립스틱이
군데군데 꽃잎으로 남아 있다

바람이 간간이 내 곁에 머물 때마다
라일락은
그대 눈빛처럼 꽃향기를 날린다

행여나 이 계절이 다 갈까 봐
꽃잎은 내내 웃음을 머금고
장미보다 더 진한 색깔로 사랑에 젖는다

누가 보면 어떠랴
나는 꽃잎에 입술을 살짝 갖다 댄다

라일락 꽃향기는 왜 그렇게도 진한가?
그대 입술에도
코를 갖다 대면
진한 꽃잎 냄새가 난다

내가 만나는 바다

내가 만나는 바다는
늘 조용하다
어깨를 흔들고 큰 소리로 불러도
그저 입을 다물고 조용히 있을 뿐이다
이 세상 어딘가에 와서
가장 아름다움만 보고 지내는 이슬처럼
출렁임 한 번 거세지 않다
내가 이 바다에 서서
늘 그의 푸른 가슴을 보는 것처럼
그도 나를 만나
내 속의 빛을 찾아내고 있을까?
만남은 서로의 약속
내가 바다로 나가면
그도 또한 나를 만나러 달려 나올까?
오늘은 왠지
그대 그리운 생각에
바다를 자꾸 바라보게 한다

아픈 연습

하늘이 맑고 풀벌레가 우는 날은
어디론가 훌쩍 떠나고 싶다

아직은 그렇게 해서 안 될 일이지만
마음은 이미
허허로운 벌판으로 내달리고 있다

그러나 오늘은
혼자일 수밖에 없는 날
바람은 이미 먼 길을 떠나 있고
내 속에 남아 있는 별은
아직도 건드릴 수 없는
성벽으로 우뚝 서 있다

우리는 이미 둘이 아니라 하나다
사랑의 고통이 아무리 클지라도
나는 당신을 사랑하지 않을 수 없다

행여 삶에 지쳐
내 육신이 지천으로 늘어져도
나는 당신 안에서 떠날 수가 없다

그러나 당신은
먼 훗날 이별을 하지 않을 수 없는 법
그래서 우리는
오늘도 아픈 연습을 해야 하나 보다

어느 날 오후

약속도 없이
산속 나무 그늘에 앉아
그대를 바라보고 있다

풀벌레 소리가 들리고
푸르름이 가슴을 파고든다

햇빛만큼이나 반짝거리는
그대의 눈빛
말이 없어도
우린 서로 사랑하고 있다

고개를 들면
금방이라도 쏟아져 내릴 것 같은
하늘의 음률

나는 그만
햇빛의 입술에
엷은 입맞춤을 하고 말았다

어느 날 오후
사랑하는 사람은
나의 꽃으로 피어났다

가을 길을 가고 있다

가을에는
내가 저만치 가고 있다

창가를 내다보다가
우연히 마주친 고추잠자리
그를 따라
나도 모르게 길을 가고 있다.

누구를 만날지는 알 수 없지만
걸어가지 않으면
가만히 있을 수 없다

고추잠자리가 다가와 말을 걸어도
가슴은 여전히 텅 비어 있다

가을에는 파란 하늘 한 자락
가슴에 담고 싶다

그리운 사람끼리
그리운 얘기를 나누다가
털썩 주저앉고 싶은 하늘

이 가을에
내가 만나야 할 사람은
어디에 있는가

나는 예약도 없이
무작정 가을 길을 가고 있다

강물을 보고서야

강물을 보고서야
그대 목소리인 줄 알았다
흐르는 물빛을 보고서야
그대 눈빛인 줄 알았다
오늘도
그대 그리운 모습이
강물처럼 흐르고 있네

바라보기

가장 가까이서
그대를 바라보는 것은
가장 깊은 깊이에서
그대의 숨결을 들어보는 것은
내가 그대의 가슴에
별을 심는 것이다

때로는 가슴에 멍이 들어
아픈 울음을 쏟을지라도
그대가 내게 있다는
아름다운 사실만으로도
나는 그대를 바라볼 일이다

강물은 숨이 차
저만치 비켜 서 있지만
나는 별을 안고
그대 속에 있다

흐르는 것은
그대 안에 있는 눈물이고
괴어 있는 것은
내 안에 녹아있는
전설 같은 사랑이다

그대 바라보기는
마치 가을 강의 적막을
온 가슴으로 끌어안는 것이다

솔숲에서

솔숲 사이로 하늘이 보인다
멀리 있어야 할 하늘이
내 머리 위까지 내려와 있다

바닷바람도 불어온다
생명의 젖줄인 양
가슴까지 파고든다

서해 바닷가
소나무 숲 푸른 의자에
그대와 마주 앉았다

사랑도 이렇게
가슴까지 젖어드는
한 파람 맑은 바람이었으면 좋겠다

솔숲에서
이름 모르는 노래까지 흘러나온다
푸른 의자에
등 기대고 앉은 그대 얼굴
밀물처럼 내 발목을 조금씩 적시고 있다

3부 마음을 여는 시詩

잊어보기

오늘은 괜스레
그대를 잊어보고 싶다
잊어버리는 것이
그리워하는 것보다
훨씬 더 고통스럽다는 것을 알면서도
잊으려고 애를 쓴다
산나리꽃도 잊어버리고
강물도 잊어버리고
그대 거닐던 둑길도 잊어버리고
그리고 내 속에 잠겨 있던
그대 마음도 잊으려 한다
산다는 것은
그리움을 가지는 것이라고 하는데
왜 가슴 한쪽에 간직한
그리움마저 지우려고 하는가
그리움은 그리워할수록
그 부피가 더 커지는 법

그러나 이별은
예고도 없이 다가오지 않는가
이별이 두려워
그대를 잊는다는 건
사랑을 모르는
노을 진 들녘의 허수아빌 게다
그래도 오늘은
그대를 잊으려고 애를 써 보지만
사랑한다고 한 말은 잊을 수가 없다
사랑은 잊어지는 것이 아니라
영원히 가슴에 새겨지는 것인가
그래서 산은 산끼리
강물은 강물끼리
서로 가슴을 끌어안고
정겹게 살아가고 있는가 봐

가을 저녁

가을 저녁
〈내 마음의 강물〉*이 흐른다
그대와 나란히 앉아
음악 소리에 나를 맡긴다
내가 그대를 사랑하고
그대가 나를 사랑하는 것은
서로의 가슴에 노래가 흐르기 때문
이 가을밤에 눈빛만 바라보아도
우리는 서로 사랑하게 된다
덕수궁 앞길의 노란 은행잎도
〈솔베이지의 노래〉**도
우리 가슴에 새겨진
아름다운 사랑이다
사랑은 이렇게 서로가 공감共感하는 것
그대가 건네준
국화꽃 한 다발이
가을 저녁을 더욱 향기롭게 한다

* 내 마음의 강물 : 우리나라 작곡가 이수인 씨가 만든 가곡.

** 솔베이지의 노래 : 노르웨이의 작곡가 그리그가 만든
노래. 노르웨이의 민요처럼 불리고 있는 가곡.

그대에게

나의 사랑하는 사람아
나는 장미꽃 한 송이 꽃피우게 할
작은 영토를 하나 갖고 싶었습니다

미처 내가 들어설 수 없는 영토라도
나는 그대를 사랑하며
땅을 파고 흙을 일구고 싶었습니다

마치 나는 나의 운명인 듯
그 영토 안에서
나만이 가질 수 있는
예쁜 꽃을 피우기 시작했습니다

진실로 누군가를 사랑한다는 것은
참으로 아름다운 일입니다
그 아름다운 일은
내 안에 그대를 가지고 있는 것이 아니라

그대 안에 내가 들어가
함께 숨 쉬고
함께 마음을 나누는 것이었습니다

그래서 나는 참으로 행복했습니다
사랑하고 싶은 사람을
사랑할 수 있었던 것은
나의 영토가
그만큼 아름다웠기 때문입니다

나는 나의 영토를 사랑합니다
그리고 내일도 사랑할 것입니다
설령 내 영토를 잃어버린다 하더라도
그 영토를 영원히 사랑할 것입니다

커피와 군밤

한 해가 저문다
병자년 마지막 날
강물이 가슴으로 하늘을 안았다
서로가 서로를 잘 알면서도
쉽게 안을 수 없는 사이
오늘은 커피와 군밤이
우리를 가까이 했다
산다는 것은 참으로 희한한 일
그 많은 별들 중에
꼭 내 별을 찾아내는 것처럼
나는 그대를 찾아내어
이렇게 안아본다
군밤도 따뜻하고
커피도 뜨겁다
원 카페의 저녁은
이렇게 사랑으로 가득 차 있다

우울한 날

당신을 잃어버린다는 생각에
마른 풀잎들이
바람에 흩날리고 있다

내 가슴에 남아있던
마지막 별 하나까지도
숨차게 달아날 것 같은
가슴 조임

이대로 가다가는
달빛마저 흐려져
세상은 온통
까맣게 젖어버리고 말겠다

이런 날,
당신이 놓고 간
불씨 하나라도 꺼져버린다면

내 안에 새겨진
당신의 모습마저 지워지겠다

이렇게 우울한 날은
한쪽 가슴에 담겨있는 당신의 얼굴이
자꾸 떠오르고 있다

이별, 그 이후

돌아서면 남이 될 줄 알았는데
그게 아니더라
멀어지려고 애를 쓰면
더욱 또렷해지는 그대 모습
헤어지는 것은
인위적으로 하는 것이 아니라
순리대로 가야 되는가 봐
그대 남겨 놓은 사랑은
아직도 가슴 구석구석에 꽉 차 있는데
어쩌자고 우리는 헤어지자고 했는가
강물은 저렇게
저들끼리 손을 맞잡고 가는데
우리는 이미 반쯤 쓰러져
가슴을 썩이고 있지 않은가
이별은 떠나는 것이 아니라
오히려
얼마나 사랑하고 있는가를 확인해 주는 것

지금쯤 그대 따뜻한 가슴도
별을 안고 흐느끼고 있을까?
이별, 그 이후
사랑은 더욱 무겁게 가슴을 짓누르고 있다

해 질 녘의 환상

해가 지는 순간은 가장 정열적이다
타오르다 타오르다
심장까지 멎을 것 같은
우리들의 사랑처럼
해는 그렇게 관능적으로 지고 있다
일몰의 시간
우리는 해를 안고 달린다
그대 눈빛에 물든 노을 한 자락이
가슴까지 파고든다
우리는 이렇게 해 질 녘의 환상으로
사랑을 조금씩 확인해 가고 있다
그대도 지금
해를 안고 가슴을 떨고 있는가

누워 있는 여인

겨울 한낮
모란 공원에는 바람이 불고 있다
아직도 어제 내린 눈이
희끗희끗 잔디를 덮고 있다
브론즈로 만든
누워 있는 여인의 두 다리도
함께 나란히 있다
평생을 함께할 사람끼리
저렇게 평행을 이룬다면
가슴의 별은 더욱 아름다울 것이다
우리는 살아가면서
누군가를 사랑한다
나뭇가지들이 서로 손잡고 있는 것처럼
그렇게 서로 마주 보며 살아간다
나는 지금
그대 어깨에 손을 얹고
생생한 겨울바람을 맞고 있다

약 속

우리는 약속을 했다
눈을 뜨면 그대 얼굴이 내 앞에 있기를
언제 그럴까 기약하지 않았지만
우리는 그때도
강물을 보고, 별을 헤아리고
그리고 꽃향기를 맡으며
서로 얼굴을 바라보기로 했다
세상이 아무리 어렵고 힘들어도
그대가 내 앞에 있다면
우리는 행복할 것이다
사랑은 불꽃처럼 잠시 타올랐다가
재가 되어 사라지는 것이 아니다
그래서 그날이 오면
우리는 뜨겁게 포옹하며 살아갈 것이다
서로를 사랑하며
존재의 의미를 확인하는 것은
바로 약속을 지키는 것

약속은 그 약속이 지켜질 때
조그만 삶이라도 가치가 드러나게 된다

꽃향기

연보라 불빛 아래
그대와 마주 앉았다
짧은 머리에
영산홍 빛깔의 화사한 스웨터
그대 얼굴은
오늘따라 장미 빛이다
언젠가 눈여겨보았던 예쁜 꽃처럼
내 안에 화려한 봄꽃으로 피어나는 것은
걷잡을 수 없이 일어나는
사랑 때문일까
우린 이미 하나가 되었는데도
사랑은 자꾸 가슴을 일렁이게 한다
마주 본 그대의 얼굴에서
지금 막 꽃향기가 피어난다
그대는 분명
이 세상 어디에도 없는
나의 단 한 사람
지금 내 앞에서 마음을 열고 있다

코스모스에게

나는 너에게
소중한 사람이 되고 싶다
참으로 소중한 사람
너를 사랑하고부터
하루 종일 하늘을 올려다봐도
고개가 저리지 않다
때로는 너의 뒷그림자가 되어
별로 떠 있어도 외롭지 않다
사랑하는 사람을
가슴에 지니고 있는 것은
해를 깊숙이 묻어두는 것이다
그래서 늘 가슴이 타오르는 법
가을이 짙어질수록
너의 눈길은 찬란해지고
너의 입술은 더욱 뜨거워진다
가장 아름다운 빛깔
가장 소중한 인연을 위해

귀뚜라미도 풀숲에서 소리를 낸다
나는 너를 사랑한다
꽃잎 하나하나까지
모두 문신으로 새길 만큼
누구와도 아름다움을 가질 수 없는
그런 사랑을 한다
너는 내게 참으로 아름다운 꽃이다

사랑의 줄무늬

여름 햇빛이 눈을 부시게 한다
저만치 아파트 나무숲에서
여름을 다 가져갈 듯 매미가 울어댄다
사랑하는 사람은
오늘도 저 푸른 하늘에서
하얀 구름으로 떠있는데
고추잠자리는
벌써 학교 운동장을 빙빙 돈다
그대가 몹시 그리운 날
푸른 나뭇잎에다
그대 손을 그려본다
그러자
비 온 뒤에 일어서는 무지개처럼
내 가슴에도
예쁜 사랑의 줄무늬가 그려진다

장미꽃이 있는 밤

눈물이 나도록
밤이 아름답다
그런 밤에
그대와 함께 장미꽃을 보고 있다
'마리아 칼라스*'의 연주황 빛 꽃잎
그 꽃잎에 눈길을 묶어둔 채
우리는 서로 손을 잡고 있다
우리가 이렇게 사랑하고 있다는 것을
장미꽃은 알고 있을까?
짙은 향기가 가슴을 파고든다
개구리 울음소리까지
우리를 사랑하게 하여서
그대가 만들어온 샌드위치를 먹는다
밤하늘은
커피의 진한 맛이 채 사라지기도 전에
불꽃으로 타오른다
우리는 지금 어디까지 사랑하고 있는가?

우리의 밤은
이렇게 장미꽃으로 찬란하다

* 마리아 칼라스 : 전설적인 오페라 가수 '마리아 칼라스'의
  이름을 가진 장미꽃.